Anonym

Arznei-Taxe zur Österreichischen Pharmakopöe vom Jahre 1855

Anatiposi

Anonym

Arznei-Taxe zur Österreichischen Pharmakopöe vom Jahre 1855

Unveränderter Nachdruck der Originalausgabe von 1855.

1. Auflage 2023 | ISBN: 978-3-38200-876-5

Anatiposi Verlag ist ein Imprint der Outlook Verlagsgesellschaft mbH.

Verlag: Outlook Verlag GmbH, Zeilweg 44, 60439 Frankfurt, Deutschland
Vertretungsberechtigt: E. Roepke, Zeilweg 44, 60439 Frankfurt, Deutschland
Druck: Books on Demand GmbH, In de Tarpen 42, 22848 Norderstedt, Deutschland

ARZNEI-TAXE

ZUR

ÖSTERREICHISCHEN PHARMAKOPÖE

VOM JAHRE 1855.

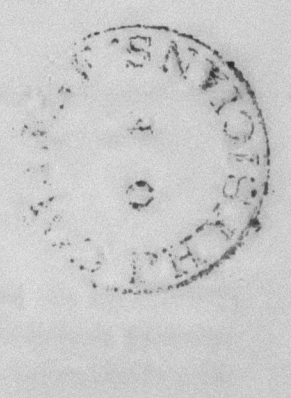

WIEN.

KAISERLICH-KÖNIGLICHE HOF- UND STAATSDRUCKEREI.

1855.

Verordnung

des

Ministerium des Innern vom 22. December 1854,

giltig für alle Kronländer,

betreffend die neue österreichische Arznei-Taxe.

———

Das Ministerium des Innern findet über die beiliegende neue österreichische Arznei-Taxe nachstehende Bestimmungen zu erlassen:

§. 1.

Alle Apotheker ohne Ausnahme, dann die zur Führung einer Haus-Apotheke befugten Aerzte und Wundärzte haben sich vom 1. Februar 1855 angefangen an diese neue Arznei-Taxe zu halten.

§. 2.

Diejenigen Artikel, welche in dieser Taxe oder in der mit dem Erlasse vom 20. October 1854 eingeführten neuen Pharmakopöe mit einem Kreuze bezeichnet sind, dürfen von den Apothekern nur gegen ordentliche Verschreibung eines hiezu berechtigten Arztes, Wundarztes oder Thierarztes hintangegeben werden. Die übrigen mit einem Kreuze nicht bezeichneten Artikel können auch im Handverkaufe verabfolgt werden.

§. 3.

Die einzelnen Ansätze der neuen Arznei-Taxe sind mit Rücksicht auf die Beschaffenheit, Aechtheit, Reinheit und Bereitungsweise, welche in der neuen Pharmakopöe für die in ihr enthaltenen Arzneikörper vorgeschrieben sind, festgesetzt. Die Arzneien sind daher genau der Vorschrift der Pharmakopöe und der Vorschrift des ärztlichen Receptes entsprechend abzugeben.

Der zuwider Handelnde verfällt für jede derlei Uebertretung in eine Geldstrafe von 50 bis 100 fl.

§. 4.

Der Taxpreis der Blutegel wird, wie bisher, für jedes Kronland von der Landesstelle von Zeit zu Zeit bestimmt werden.

Dieser Preis unterliegt für die Rechnungsleger, welche auf Kosten der öffentlichen Fonde Arzneien liefern, da die Blutegel nicht als ein arzneilicher Gegenstand betrachtet werden, bei der Vergütung keinem Procenten-Abzuge.

Zum Vorräthighalten der Blutegel sind alle Apotheker verpflichtet, und alle Wundärzte berechtigt.

§. 5.

Die Artikel, welche die neue Pharmakopöe *ex tempore* zu bereiten vorschreibt, und in die neue Taxe nicht aufgenommen wurden, sind, wenn das ärztliche Recept keine nähere Angabe der Bereitung enthält, mit Rücksicht auf die Formel der Pharmakopöe je nach der verschriebenen Quantität des Ganzen und der hiezu erforderlichen Stoffe nach den Tax-Ansätzen für diese und nach der Arbeitstaxe wie andere Receptformeln zu taxiren.

§. 6.

Nach Recepten mit dem Ausdrucke *secundum meam praescriptionem* oder mit einer ähnlichen Bemerkung dürfen unter keiner Bedingung Arzneien abgegeben werden.

Jede derartige Abgabe, so wie die Expedition der von unbefugten Personen ausgestellten Recepte unterliegt einer Strafe von 5 fl.

§. 7.

Auf jedem Recepte, nach welchem in einer öffentlichen oder in einer Haus-Apotheke Arzneien bereitet und abgegeben werden, sind die für die Materialien, für die Arbeit und die Gefässe nach der Taxe entfallenden Einzelnbeträge in Ziffern deutlich aufzuschreiben.

Hierbei sich ergebende Bruchtheile eines Kreuzers dürfen, je nach ihrem Betrage, auf $\frac{1}{4}$, $\frac{1}{2}$, $\frac{3}{4}$ oder einen ganzen Kreuzer erhöht angesetzt werden.

Die Summe der sonach berechneten Einzelnbeträge ist als der Preis der Arznei nicht nur auf dem Recepte, sondern auch auf der der Arznei jedesmal beizugebenden Signatur ersichtlich zu machen.

Ein bei dieser Summirung sich ergebender Bruchtheil eines Kreuzers darf als ein ganzer Kreuzer gerechnet werden.

Bei den Apothekern hat derjenige, welcher die Arznei bereitete, nebst dem Preise auch noch seinen Namen auf das Recept zu schreiben.

§. 8.

In Berücksichtigung der Genauigkeit und Vorsicht, welche bei dem Abwägen und Beimengen sehr kleiner Gaben von stark wirkenden Arzneien nothwendig sind, wird dem Apotheker und jedem an die Arznei-Taxe Gebundenen bei der Berechnung der Einzelnbeträge (§. 7) gestattet, bei den in der Taxe oder Pharmakopöe mit einem Kreuze bezeichneten, so wie bei den in der Taxe granweise aufgeführten Arzneien, wenn sie gran- oder tropfenweise verschrieben sind, den für die Gesammtzahl der verschriebenen Tropfen oder Grane nach der Taxe entfallenden Betrag, falls dieser auf einen Bruchtheil eines Kreuzers ausfiele, auf einen ganzen Kreuzer erhöht anzurechnen.

§. 9.

Bei der Bereitung und Abgabe von Arzneien ist sich an das in der Pharmakopöe (pag. 231) vorgeschriebene österreichische Medicinal - Gewicht strenge zu halten. Das Zuwiderhandeln wird im ersten und zweiten Falle wie eine Taxüberschreitung (§. 12 dieser Verordnung), im dritten Falle nach §. 478 des Strafgesetzes bestraft.

§. 10.

Es ist erlaubt die Arzneien unter der Taxe hintanzugeben; in einem solchen Falle aber muss auf dem Recepte und auf der Signatur sowohl der taxmässige als auch der freiwillig herabgesetzte Betrag mit Ziffern angemerkt werden.

Es ist jedoch bei sonstiger Strafe von 10 bis 50 fl. nicht gestattet, die in der Taxe enthaltenen Arzneien um einen billigeren als den Tax-Preis dem Publicum in öffentlichen Ankündigungen anzubiethen.

Selbstverständlich müssen auch die unter der Taxe hintangegebenen Arzneien von derselben Beschaffenheit, Aechtheit und Reinheit sein, wie durch die Pharmakopöe vorgeschrieben ist, und darf auch dem Gewichte nach nicht etwa weniger gegeben werden.

§. 11.

Der Apotheker darf überhaupt nicht durch heimliche und unerlaubte Einverständnisse oder durch Geschenke Kunden an sich zu ziehen trachten; widrigens er einer Geldstrafe von 50 bis 100 fl. verfällt.

§. 12.

Jede Ueberschreitung der Arzneitaxe wird das erste Mal mit 100 fl., das zweite Mal mit 200 fl. und das dritte Mal nach dem Strafgesetze als Uebertretung gestraft.

§. 13.

Hätte ein Apotheker-Gehülfe ohne Wissen seines Herrn die Taxe überschritten, so verfällt er, insoferne er sich nicht einer durch das Strafgesetz verpönten Handlung schuldig macht, in eine Geldstrafe von 5 bis 20 fl. oder in eine Arreststrafe von 12 Stunden bis zu 3 Tagen.

§. 14.

Sämmtliche sowohl öffentlich angestellte als auch Privat-Aerzte sind insbesondere verpflichtet, darüber zu wachen, dass keine Taxüberschreitungen Platz greifen, und haben vorkommende derlei Fälle der politischen Behörde anzuzeigen.

Ueberdiess steht es Jedermann zu, wenn er sich in dieser Beziehung mit Grund beschwert findet, an geeigneter Stelle Klage zu führen.

§. 15.

Aerzte und Wundärzte haben für ihre Haus-Apotheken und Noth-Apparate, wenn sie zu deren Halten berechtigt sind, die erforderlichen chemischen Präparate und zusammengesetzten Arzneimittel nur von den Apothekern zu beziehen, und sich über diesen Bezug durch eigene Fassungsbüchel auszuweisen, in welchen der Name und das Gewicht der Arzneien und die Zeit des Bezuges bestimmt ausgedrückt und durch die Fertigung des Apothekers bestätigt ist. Dagegen sind die Apotheker verpflichtet, diesen Aerzten und Wundärzten zu dem gedachten Behufe die bezogenen Arzneien um 20 Procente billiger als nach der gesetzlichen Taxe abzulassen.

Rücksichtlich der Thierärzte hat es hierüber vorläufig bei den bestehenden hierauf bezüglichen Verordnungen zu verbleiben. Die Thierheilmittel dürfen jedoch in keinem Falle höher, als die Taxe für sie festsetzt, angerechnet werden. Auf ihre Dispensation findet die Taxe für Receptur-Arbeiten keine Anwendung.

§. 16.

Die ausser diesen Bestimmungen sonst noch bestehenden Vorschriften, betreffend den Bezug, die Führung und den Verkauf von Arzneiwaaren und Arzneien bleiben in Kraft.

§ 17.

Der unberechtigte Verkauf innerer oder äusserlicher Heilmittel, der Verkauf verbothener Arzneimittel, oder von Arzneimaterialwaaren unbekannter Gattung, falsche oder schlechte Bereitung und Aufbewahrung der Arzneien, Verwechslung derselben, so wie Unvorsichtigkeit bei dem Giftverkaufe, vorschriftswidrige Verabfolgung von Gift, oder Nachlässigkeit in der Aufbewahrung und Absonderung der Giftwaaren werden nach dem Strafgesetze bestraft.

Freiherr von Bach *m. p.*

		fl.	ₐₓ.	pf.

A.

		fl.	xr.	pf.
Acetum aromaticum	1 Unce	—	2	2
† Colchici	—	—	1	2
crudum	—	—	1	—
† Scillae	—	—	1	2
Acidum aceticum concentratissimum .	1 Drachme	—	10	—
concentratum crudum	1 Unce	—	3	—
purum .	—	—	4	2
benzoicum	1 Drachme	—	55	1
boracicum	1 Unce	—	21	2
† chloro-nitrosum	—	—	6	—
citricum	—	—	29	—
pulver.	—	—	34	—
† gallicum	1 Drachme	—	19	1
† hydrochloricum concent. crud. .	1 Unce	—	3	2
† purum	—	—	7	—
dilutum purum .	—	—	4	—
† hydrocyanicum	1 Drachme	—	2	—
† nitricum concentrat. purum .	1 Unce	—	4	—
† crudum . . .	—	—	2	—
† dilutum purum . . .	—	—	2	2
† phosphoricum glaciale . . .	1 Drachme	—	8	—
† purum . . .	1 Unce	—	21	—
pyrolignosum	—	—	1	—
succinicum	1 Drachme	—	15	—
† sulfuricum anglicanum . . .	1 Unce	—	3	2

1

		fl.	xr.	pf.
† Acidum sulfuricum concentrat. rectific.	1 Unce	—	10	—
rectificat. dilutum .	—	—	2	2
† tannicum	1 Drachme	—	8	—
tartaricum	1 Unce	—	14	2
subt. pulv. . . .	—	—	16	2
† Aether aceticus	—	—	37	—
† crudus	—	—	8	—
† depuratus	—	—	12	2
† Agaricus albus	—	—	4	2
† subt. pulv.	—	—	8	—
Chirurgorum	—	—	14	2
† Aloë lucida	—	—	4	2
† subt. pulv.	—	—	7	2
Alumen crudum	—	—	1	—
subt. pulv. . . .	—	—	4	—
ustum	—	—	3	—
subt. pulv. . . .	—	—	4	—
Ammoniacum	—	—	5	—
subt. pulv.	—	—	8	—
† Ammonia pura liquida	—	—	4	—
Ammonium aceticum solut. concentrat.	—	—	6	2
dilutum .	—	—	2	2
carbonic. pyro-oleos. solut.	—	—	7	—
siccum . . .	—	—	4	—
solutum . . .	—	—	2	—
Ammonium chloratum crudum . . .	—	—	3	2
depuratum . .	—	—	6	2
ferratum . . .	—	—	14	2
succinicum pyro-oleosum .	—	—	28	—
Amygdalae amarae	—	—	6	—
dulces	—	—	6	—

		fl.	xv.	pf.
† Amygdalinum	1 Gran	—	2	—
Amylum Maranthae	1 Unce	—	14	2
Tritici	—	—	3	—
† Aqua amygdalarum amararum concent.	—	—	12	—
diluta .	—	—	1	—
Anisi	—	—	1	2
antihysterica foetida . . .	—	—	36	—
aromatica spirituosa . . .	—	—	1	2
Aurantii florum	—	—	12	—
Calcis	1 Libra	—	1	1
carminativa regia	1 Unce	—	4	—
simplex	—	—	1	—
Carvi	—	—	1	2
Castorei	—	3	—	—
Cerasorum nigrorum . . .	—	—	2	2
Chamomillae	—	—	2	—
Chlori	—	—	2	2
Cinnamomi simplex	—	—	3	—
spirituosa . . .	—	—	5	2
Cochleariae	—	—	1	2
destillata simplex	—	—	—	2
Foeniculi	—	—	1	2
Fragorum	—	—	1	2
Juniperi	—	—	1	2
Kreosoti	—	—	1	—
Lavandulae	—	—	4	—
† Laurocerasi	—	—	15	—
Melissae	—	—	2	2
Menthae crispae	—	—	2	2
piperitae	—	—	2	2
Persicae foliorum	—	—	1	2

	fl.	xr.	pf.
Aqua Petroselini	1 Unce	—	1	2
† phagedaenica decolor. . . .	—	—	1	—
† lutea	—	—	1	—
† plumbica	—	—	1	—
Rosarum	—	—	1	2
Rutae	—	—	2	—
Rubi Idaei	—	—	1	2
Salviae	—	—	2	—
Sambuci	—	—	2	—
Tiliae	—	—	2	—
Valerianae	—	—	2	—
† vegeto-mineralis Goulardi . .	—	—	—	2
vulneraria acida Thedenii . . .	—	—	2	—
spirituosa	—	—	1	2
Argentum foliatum	1 Lamelle	—	5	1
† nitricum crystallisatum . .	1 Drachme	—	42	3
† fusum	—	—	45	—
† Arsenicum album	1 Unce	—	2	—
† subt. pulv. . .	—	—	5	2
Asa foetida	—	—	8	2
subt. pulv.	—	—	14	2
† Atropinum	1 Gran	—	20	—
† Aurum natronato-chloratum . . .	—	—	9	1
Axungia porcina	1 Unce	—	4	—

B.

	fl.	xr.	pf.
Baccae Ebuli	1 Unce	—	1	2
Juniperi	—	—	1	—
rud. tus.	—	—	2	2
Lauri	—	—	1	2

	fl.	xr.	pf.
Baccae Lauri subt. pulv.	1 Unce	—	7	2
Mori	—	—	3	—
Phytolaccae	—	—	4	—
Ribis	—	—	1	2
Rubi Idaei	—	—	1	2
Sambuci	—	—	1	—
† Spinae cervinae	—	—	1	2
Balsamum Copaivae	—	—	14	—
peruvianum nigrum . . .	—	—	40	—
vitae Hoffmanni	—	—	10	—
† Baryum chloratum	—	—	7	—
Benzoë	—	—	24	—
subt. pulv.	—	—	30	—
Bismuthum	—	—	14	—
† subnitricum	1 Drachme	—	11	—
Bolus armena	1 Unce	—	1	—
subt. pulv.	—	—	3	2
Bulbus Allii	—	—	2	—
† Colchici	—	—	2	—
† Scillae	—	—	1	—
Butyrum Cacao	—	—	19	2
recens	—	—	4	2

C.

	fl.	xr.	pf.
Calcaria carbonica cruda	1 Unce	—	1	—
subt. pulv. .	—	—	4	2
depurata . . .	—	—	8	—
caustica	—	—	1	2
subt. pulv. . . .	—	—	3	2
chlorata	—	—	1	2

	fl.	xr.	pf.
Calcaria phosphorica	1 Drachme	—	10	2
sulfurata	1 Unce	—	5	—
Calcium chloratum	—	—	2	1
Camphora.	—	—	9	2
Candelae fumales	—	—	16	—
† Cantharides	—	—	36	—
† subt. pulv.	1 Drachme	—	6	—
† Capita Papaveris	1 Unce	—	1	2
Carbo ligni depuratus rud. tus. . .	—	—	1	—
subt. pulv. . .	—	—	2	—
ossium	—	—	—	2
subt. pulv.	—	—	7	—
spongiae	—	—	23	—
Carragheen sciss.	—	—	4	2
Caricae sciss.	—	—	3	2
Caryophylli	—	—	8	—
subt. pulv.	—	—	10	2
Cassia fistula	—	—	3	2
Castoreum	1 Scrupel	10	—	—
subt. pulv.	1 Gran	—	45	—
Catechu	1 Unce	—	4	—
subt. pulv.	—	—	6	—
Cera alba	—	—	11	—
flava	—	—	9	—
Ceratum Cetacei	—	—	8	2
citrinum	—	—	6	—
fuscum	—	—	8	2
ad labia flavum	—	—	9	—
rubrum	—	—	12	—
Cetaceum	—	—	10	2
Chininum citricum	1 Scrupel	—	48	—

	fl.	œr.	pf.
Chininum citricum	1 Gran	—	2	2
hydrochloricum	1 Scrupel	—	58	—
	1 Gran	—	3	—
sulfuricum	1 Scrupel	—	43	—
	1 Gran	—	2	1
† Chloroformium	1 Drachme	—	9	—
Cinchoninum sulfuricum	1 Scrupel	—	14	—
	1 Gran	—	—	3
Coccionella	1 Unce	—	34	—
subt. pulv. ·	—	—	44	—
Collodium	—	—	30	—
Colophonium	—	—	1	—
Conchae marinae praeparatae subt. pulv.	—	—	3	2
Conserva Rosarum	—	—	3	2
Corallium rubrum subt. pulv. . . .	—	—	7	2
Cortex Aurantiorum (flavedo) . . .	—	—	11	2
sciss. . .	—	—	12	—
subt. pulv.	—	—	20	—
Cascarillae	—	—	4	—
rud. tus.	—	—	5	—
subt. pulv. . . .	—	—	8	2
Cassiae Cinnamomeae . . .	—	—	12	2
subt. pulv.	—	—	17	—
Chinae fuscus	—	—	14	—
rud. tus. . . .	—	—	15	2
subt. pulv. . .	—	—	23	—
regius	—	—	27	—
rud. tus. . . .	—	—	30	—
subt. pulv. . .	—	—	43	2
ruber	—	—	47	2
rud. tus.	—	—	50	—

		fl.	xr.	pf.
Cortex Chinae ruber subt. pulv. . . .	1 Unce	—	59	2
Cinnamomi Zeylanici	—	—	23	2
subt. pulv. .	—	—	31	2
Citri (flavedo)	—	—	14	2
sciss.	—	—	16	—
subt. pulv. . . .	—	—	23	2
† Granati radicis	—	—	6	2
† rud. tus. . . .	—	—	7	2
† subt. pulv. . . .	—	—	9	—
† Mezerei	—	—	3	2
† subt. pulv.	—	—	21	2
Nucum Juglandis	—	—	1	2
Quercus	—	—	1	—
sciss.	—	—	1	2
rud. tus.	—	—	3	—
subt. pulv.	—	—	9	—
Salicis	—	—	1	2
sciss.	—	—	2	—
Simarubae	— —	—	6	2
sciss.	—	—	7	—
subt. pulv. . . .	—	—	30	—
Crocus austriacus	1 Drachme	—	53	—
subt. pulv. . . .	—	1	8	—
gallicus	—	—	28	—
subt. pulv.	—	—	37	—
Cubebae	1 Unce	—	15	—
gross. pulv.	—	—	20	—
† Cuprum aceticum crystallisatum . .	—	—	12	—
aluminatum	—	—	12	—
† chloratum ammoniacale solu- tum concentratum . . .	—	—	6	—

	fl.	xr.	pf.
† Cuprum chlorat. ammoniac. solut. dilut.	1 Unce	—	1	—
† c. Hydrarg. sol. conc.	—	—	11	—
† c. Hydrarg. sol. dilut.	—	—	1	—
† subaceticum crudum . . .	—	—	7	2
† subt. pulv.	—	—	12	—
† sulfuricum	—	—	2	2
† ammoniatum . .	—	—	43	—

D.

† Decoctum Pollini	1 Libra	—	35	—
† Zittmanni fortius . . .	—	—	24	—
	24 Librae	6	10	—
† mitius . . .	1 Libra	—	16	—
	24 Librae	3	37	—

E.

Elaeosaccharum Anisi	1 Drachme	—	2	—
Aurantiorum . . .	—	—	2	—
Cinnamomi	—	—	2	—
Citri	—	—	2	—
Foeniculi	—	—	2	—
Macis	—	—	1	2
Menthae piperitae . .	—	—	2	—
Vanillae	—	—	4	—
Valerianae	—	—	2	—
Electuarium aromaticum	1 Unce	—	6	—
† aromaticum cum Opio . .	—	—	9	—
lenitivum	—	—	8	2
Elemi	—	—	6	—

	fℓ.	xv.	pf.
Emplastrum anglicanum	1 ☐ Zoll	—	1	—
† Cantharidum	1 Unce	—	26	—
Cerussae	—	—	8	—
† Conii maculati	—	—	16	—
diachylon compositum . .	—	—	10	—
simplex . . .	—	—	6	—
† Euphorbii	1 Drachme	—	15	1
de Galbano crocatum . .	1 Unce	—	28	—
† Hydrargyri	—	—	13	—
de Meliloto	—	—	8	2
Minii adustum	—	—	9	2
oxycroceum	—	—	38	—
ad rupturas	—	—	8	—
saponatum	—	—	9	—
Emulsio amygdalina	1 Libra	—	14	—
	½ —	—	10	—
oleosa	1 —	—	16	—
	½ —	—	9	2
† Euphorbium	1 Unce	—	6	2
† subt. pulv.	—	—	15	—
Explementum ad dentes	1 Drachme	—	5	—
Extractum Absynthii	—	—	7	2
† Aconiti	—	—	15	2
Acori	—	—	6	—
† Aloës	—	—	3	—
amaricans compositum . .	—	—	8	—
Angelicae	—	—	4	1
Arnicae florum	—	—	6	1
radicis	—	—	5	2
† Belladonnae	—	—	27	2
Calendulae	—	—	9	2

		fl.	*xr.*	*pf.*
Extractum Cardui benedicti	1 Drachme	—	3	—
Cascarillae	—	—	9	—
Centaurii minoris . . .	—	—	3	2
Chamomillae	—	—	4	—
Chelidonii majoris . . .	—	—	15	—
Chinae fuscae	—	—	18	2
Cichorei	—	—	1	2
Cinae	—	—	7	2
† Conii maculati	—	—	15	—
Colombo	—	—	19	—
Cubebarum	—	—	9	2
† Digitalis	—	—	35	—
Dulcamarae	—	—	2	1
† Elaterii	1 Scrupel	—	21	1
† Filicis maris	1 Drachme	—	17	3
Fumariae	—	—	4	1
Gentianae	—	—	1	—
Graminis	1 Unce	—	6	—
Guajaci ligni	1 Drachme	—	14	1
† Hellebori nigri	—	—	8	1
† Hyosciami foliorum . . .	—	—	21	2
† seminum . . .	—	—	21	2
Juglandis foliorum . . .	—	—	6	1
nucum	—	—	4	—
† Lactucae virosae	—	—	24	—
Liquiritiae liquidum . . .	1 Unce	—	25	—
siccum . . .	—	—	22	—
Lupuli	1 Drachme	—	10	—
Malatis Ferri	—	—	2	1
† Mezerei	—	—	26	—
Millefolii	—	—	7	3

	fl.	xr.	pf.
† Extractum Nucis vomicae . . . 1 Drachm.	—	24	—
† Opii . . . . —	—	18	—
† Punicae granati . . . —	—	7	1
Quassiae . . . . . —	—	13	2
Ratanhiae . . . . . —	—	8	2
Rhei . . . . . . —	—	28	1
Salviae . . . . . —	—	8	—
Saponariae . . . . —	—	2	—
Sarsaparillae . . . . —	—	14	—
† Scillae . . . . . . —	—	4	—
† Secalis cornuti . . . —	—	31	2
Taraxaci . . . . . 1 Unce	—	6	2
Trifolii fibrini . . . . 1 Drachme	—	4	1
Tormentillae . . . . —	—	7	—
Valerianae . . . . . —	—	6	1

F.

† Faba St. Ignatii . . . . . . 1 Unce	—	8	—
† subt. pulv. . . . —	—	22	2
Farina Fabarum . . . . —	—	2	2
Foeni graeci . . . . . . —	—	1	2
Lini placentarum . . . . . —	—	1	—
seminum . . . . . . —	—	3	2
secalina . . . . —	—	1	2
Sinapis seminum . . . . . —	—	3	2
Fel tauri inspissatum . . . . . 1 Drachme	—	3	2
Ferrum carbonicum saccharatum . . —	—	2	1
citricum . . . . —	—	9	—
† jodatum saccharatum . . . —	—	4	3
lacticum . . . . . . —	—	5	—

		fl.	xr.	pf.
Ferrum limatum	1 Unce	—	3	—
oxydato-oxydulatum . . .	1 Drachme	—	5	2
oxydatum acetic. liquid. . .	—	—	3	—
hydricum in aqua .	1 Unce	—	9	—
nativum rubr. . .	—	—	2	2
subt. pulv.	—	—	5	2
phosphoricum oxydatum . .	1 Drachme	—	15	—
oxydulatum . .	—	—	5	2
pulveratum	1 Unce	—	8	—
sesquichloratum crystallis. . .	—	—	9	—
solut. . . .	—	—	6	2
sulfuricum oxydulatum . . .	—	—	3	2
Flores Arnicae	—	—	1	2
sciss.	—	—	2	2
subt. pulv.	—	—	10	—
Aurantii	—	—	17	—
Boraginis	—	—	12	2
†Brayerae	—	—	18	—
† sciss.	—	—	21	2
Calendulae	—	—	5	2
sciss.	—	—	8	—
Chamomillae romanae . . .	—	—	3	2
vulgaris . . .	—	—	4	2
gross. pulv.	—	—	6	—
subt. pulv.	—	—	11	—
Cyani	—	—	8	2
sciss.	—	—	12	—
Lavandulae	—	—	10	—
Malvae	—	—	4	—
Papaveris Rhoeados	—	—	4	2
sciss. . .	—	—	7	—

	fl.	ꝺꝛ.	pf.
Flores Rosarum gallicarum . . . . 1 Unce	—	15	—
sciss. . .	—	17	—
pulv. . .	—	22	2
saliti	—	2	2
Sambuci	—	2	2
gross. pulv.	—	4	—
Tiliae sciss.	—	3	2
Verbasci sciss.	—	12	2
Folia Althaeae sciss.	—	2	2
Arnicae sciss.	—	2	2
Aurantii sciss.	—	4	2
subt. pulv.	—	7	2
†Belladonnae sciss.	—	3	2
†gross. pulv. . . .	—	4	2
†subt. pulv. . . .	—	6	2
Cardui benedicti sciss. . . .	—	3	2
subt. pulv. . .	—	6	2
Cichorei sciss.	—	2	2
† Digitalis purpur. sciss. . . .	—	5	2
†subt. pulv. . .	—	10	—
Farfarae sciss.	—	2	—
Hepaticae sciss.	—	3	2
†Hyosciami sciss.	—	2	—
† gross. pulv. . . .	—	3	—
†subt. pulv.	—	6	2
Juglandis sciss.	—	3	—
Malvae sciss.	—	2	—
Melissae sciss.	—	6	2
Menthae crispae sciss. . . .	—	5	—
piperitae sciss. . . .	—	5	—
† Nicotianae sciss.	—	4	2

	fl.	xr.	pf.
Folia Pulmonariae sciss.	1 Unce	— 2	2
Rosmarini	—	— 17	—
Salviae sciss.	—	— 4	—
subt. pulv.	—	— 9	2
Scabiosae sciss.	—	— 3	—
Scolopendrii sciss.	—	— 2	2
Sennae alexandrinae	—	— 7	—
sciss. . . .	—	— 7	2
subt. pulv. .	—	— 14	—
sine resina	—	— 16	2
† Stramonii sciss.	—	— 4	—
† subt. pulv.	—	— 10	—
Taraxaci sciss.	—	— 2	—
Theae Pecco	—	— 42	—
viridis imperialis . . .	—	— 28	—
† Toxicodendri sciss.	—	— 11	—
† subt. pulv. . . .	—	— 17	—
Trifolii fibrini sciss.	—	— 4	2
subt. pulv. . . .	—	— 7	—
Uvae ursi	—	— 2	—
Vincae sciss.	—	— 3	2
† Frondes Sabinae sciss.	—	— 8	—
† subt. pulv. . . .	—	— 14	2
† Taxi	—	— 6	—
Fructus Anisi stellati	—	— 7	—
rud. tus. . . .	—	— 7	2
subt. pulv. . .	—	— 13	—
Aurantii recens	1 Stück	— 22	—
Capsici annui rud. tus. . . .	1 Unce	— 4	2
Cerasorum nigror. sicc. . .	—	— 2	—
Citri recens	1 Stück	— 7	—

		fl.	xr.	pf.
† Fructus Colocynthidis sciss. . . .	1 Unce	—	34	2
† pulv. . . .	—	—	48	2
Pruni sicc. enucl. . . .	—	—	3	2
Tamarindi	—	—	3	—

G.

		fl.	xr.	pf.
Galbanum	1 Unce	—	15	—
pulverat.	—	—	20	—
Gallae Quercus turcicae rud. tus. . .	—	—	7	2
subt. pulv. . .	—	—	10	2
Gelatina Carragheen	—	—	8	—
Lichenis island.	—	—	8	1
pulv. . . .	—	—	14	—
Liquiritiae pellucida . . .	—	—	10	—
Gemmae Populi siccat.	—	—	6	—
Glandes Quercus tost. pulv. . . .	—	—	4	—
Graphites subt. pulv.	—	—	4	—
elutriatus	—	—	6	—
Gummi arabicum	—	—	8	—
subt. pulv. . . .	—	—	13	—
Guajacum	—	—	10	2
subt. pulv. . . .	—	—	16	—
Gutta percha	—	—	13	2
† Gutti	—	—	12	2
† subt. pulv.	—	—	16	2

H.

		fl.	xr.	pf.
Helminthochorton	1 Unce	—	3	—
Herba Absinthii sciss.	—	—	2	—

		fl.	ʒʒ.	pf.
Herba Absinthii subt. pulv.	1 Unce	—	6	2
Adianti sciss.		—	3	2
Asteri montani sciss.		—	5	2
† Belladonnae sicc. sciss. . . .		—	3	2
† subt. pulv. . . .		—	6	2
Calendulae sicc. sciss. . . .		—	5	2
† Cannabis sicc. sciss.		—	2	—
Centaurii minor. sicc. sciss. . .		—	6	—
Chenopodii sciss.		—	3	2
† Conii maculati sicc. sciss. . .		—	2	2
† gross. pulv. . .		—	3	2
† subt. pulv. . . .		—	6	—
Equiseti sciss.		—	2	—
Fumariae sciss.		—	2	2
Galeopsidis sciss.		—	3	2
† Gratiolae sciss.		—	2	2
Hyssopi sciss.		—	3	2
Jaceae sciss.		—	2	—
subt. pulv.		—	6	2
† Lobeliae inflatae sciss. . . .		—	16	—
† subt. pulv. . .		—	23	2
Majoranae		—	3	—
Marubii sciss.		—	2	2
Meliloti sciss.		—	2	2
subt. pulv.		—	6	—
Millefolii sciss.		—	2	2
Origani sciss.		—	2	2
Polygalae sciss.		—	3	—
† Pulegii sciss.		—	2	2
† Pulsatillae sciss.		—	2	2
† subt. pulv.		—	5	2

	fl.	*xr.*	*pf.*
Herba Rutae sciss.	1 Unce	—	4	2
Saponariae sciss.	—	—	2	—
Satureiae sciss.	—	—	4	2
Scordii sciss.	—	—	2	2
Serpylli sciss.	—	—	2	—
Spilanthi sciss.	—	—	32	—
Tanaceti sciss.	—	—	2	2
Valerianae celticae sciss. . .	—	—	7	—
Hirudines	Landespreis.		
Hordeum crudum	1 Unce	—	—	2
perlatum	—	—	2	2
† Hydrargyrum bichlorat. ammoniat. .	1 Drachme	—	4	3
† corrosiv. .	—	—	2	—
† subt. pulv.	—	—	2	1
† bijodatum rubrum . .	—	—	17	1
† chloratum mite . . .	—	—	4	—
† jodatum flavum . . .	—	—	11	—
† oxydatum rubrum . .	—	—	3	2
† oxydulat. nigr. Hahnem.	—	—	10	1
rectificatum	1 Unce	—	16	2
† stibiato-sulfuratum . .	1 Drachme	—	2	2
† sulfuratum nigrum . .	—	—	3	2
rubr. factit.	—	—	2	1
Hydromel infantum	1 Unce	—	5	2

I.

Ichthyocolla	1 Drachme	—	11	2
Indicum	—	—	5	2
subt. pulv.	—	—	7	—

	fl.	xr.	pf.
Infusum laxativum . . . . 1 Unce	—	5	2
† Jodum . . . . 1 Scrupel	—	6	2

K.

Kali aceticum solutum . . . . . 1 Unce	—	13	2
† bichromicum crudum . . . . —	—	4	2
carbonicum purum . . . . . —	—	33	—
solutum . . —	—	11	2
† causticum fusum . . . . . —	—	26	—
chloricum . . . . —	—	9	—
ferrato-tartaricum . . . . . —	—	18	—
natronato-tartaricum . . . . —	—	15	—
subt. pulv. . —	—	21	—
nitricum depuratum . . . . —	—	7	2
subt. pulv. . —	—	8	2
fusum . . . . . . —	—	11	2
† stibiato-tartaricum . . . . . 1 Drachme	—	5	—
sulfuricum . . . . 1 Unce	—	1	3
subt. pulv. . . . . —	—	4	2
tartaricum acidum depurat. subt. plv. —	—	11	—
boraxatum pulv. . . —	—	20	2
neutrum pulv. . . . —	—	26	2
Kalium ferro-cyanatum flavum. . . . —	—	6	2
† jodatum . . . . 1 Drachme	—	13	2
sulfuratum . . . . . . 1 Unce	—	41	2
pro balneo . . . —	—	4	—
Kino . . . . —	—	8	2
subt. pulv. . . . . . . —	—	13	2
† Kreosotum. . . . . 1 Drachme	—	4	2

	fl.	xr.	pf.

L.

† Lactucarium	1 Scrupel	—	8	—
Lapides Cancrorum praeparati . . .	1 Unce	—	30	—
subt. pulv.	—	—	34	—
Lapis Pumex subt. pulv	—	—	3	2
Lichen islandicus sciss.	—	—	2	—
Lignum Guajaci rud. tus.	—	—	1	2
Juniperi rud. tus.	—	—	1	2
Quassiae rud. tus.	—	—	2	2
subt. pulv. . . .	—	—	19	2
Santali rubrum rud. tus. . .	—	—	2	—
subt. pulv. .	—	—	18	2
Sassafras rud. tus.	—	—	2	2
Linimentum ammoniatum	—	—	6	—
saponato-camphoratum .	—	—	6	—
† Liquor acidus Halleri	—	—	8	—

M.

Macis	1 Unce	—	23	2
Magnesia carbonica subt. pulv. . . .	—	—	6	2
sulfurica	—	—	1	2
usta	—	—	24	—
in aqua	—	—	4	2
Maltum Hordei . . . , ...	—	—	1	2
Manganum hyperoxydat. nativ. subt. pulv.	—	—	5	2
Manna calabrina electa	—	—	12	2
cannellata	—	—	21	2
Mannitum	1 Drachme	—	7	—

	fl.	ʐʐ.	pf.
† Massa pilularum Ruffi	1 Drachme	—	5	—
Mastix	—	—	12	3
subt. pulv.	—	—	14	—
Medulla ossium praeparata	1 Unce	—	4	2
Mel	—	—	2	2
depuratum	—	—	3	2
rosatum	—	—	5	2
† Morphium	1 Gran	—	2	3
† aceticum	—	—	2	1
† hydrochloricum . . .	—	—	2	2
Moschus	—	—	18	2
Mucilago Cydoniorum	1 Unce	—	1	2
Gummi arabici	—	—	6	2
Tragacanthae	—	—	5	—
Myrrha gross. pulv.	—	—	13	—
subt. pulv.	—	—	23	—

N.

Natrium chloratum	1 Unce	—	1	—
Natrum aceticum crystallisatum . .	—	—	7	2
bicarbonicum subt. pulv. . .	—	—	6	—
boracicum purum subt. pulv. .	—	—	9	—
carbonicum crystallisatum . .	—	—	1	2
siccum . . .	—	—	6	2
nitricum depuratum . .	—	—	6	—
subt. pulv.	—	—	7	—
phosphoricum	—	—	7	—
sulfuricum crystallisatum . .	—	—	4	2
siccum . . .	—	—	10	—
Nuces Juglandis immaturae . . .	—	—	—	2

	fl.	xr.	pf.
Nux moschata . . . . 1 Unce	—	23	2
subt. pulv. . . . . —	—	30	2
† vomica gross. pulv. . . . . —	—	7	2
† subt. pulv. . . . . . . —	—	14	2

O.

	fl.	xr.	pf.
Oleum amygdalarum dulcium . . . 1 Unce	—	16	2
animale aethereum . . . . 1 Drachme	—	14	2
foetidum . . . . . 1 Unce	—	1	2
Anisi . . . . 1 Drachme	—	9	1
anthelminticum Chaberti . . . 1 Unce	—	11	—
Aurantii florum . . . . . 1 Drachme	1	48	—
Aurantiorum corticum . . . —	—	5	—
Bergamottae . . . . . . —	—	6	2
Cajeputi depuratum . . . . —	—	5	2
camphoratum . . . . . . 1 Unce	—	8	—
Carvi . . . . 1 Drachme	—	8	1
Caryophyllorum . . . . . —	—	5	2
Cerae . . . . —	—	9	—
Chamomillae . . . . . . —	2	8	—
Cinnamomi . . . . . . —	—	12	1
Citri . . . . —	—	6	—
† Crotonis Tiglii . . . . . —	—	10	—
Foeniculi . . . . —	—	8	3
Hyosciami folior. coctum . . 1 Unce	—	7	2
† seminum pressum . 1 Drachme	—	3	3
Jecoris Aselli flavum . . . . 1 Unce	—	4	—
fuscum . . . —	—	4	—
Juglandis nucum . . . . . —	—	14	—
Juniperi baccarum . . . . 1 Drachme	—	2	3

		fl.	*œr.*	*pf.*
Oleum Lauri	1 Unce	—	7	2
Lavandulae	1 Drachme	—	4	2
Liliorum	1 Unce	—	8	—
Lini seminum.	—	—	13	2
Macidis	1 Drachme	—	13	—
Majoranae	—	—	12	1
Menthae crispae	—	—	18	—
piperitae	—	—	28	—
Nucis moschatae	—	—	4	1
Olivarum	1 Unce	—	6	—
Ovorum	1 Drachme	—	6	2
Papaveris albi	1 Unce	—	4	2
Ricini	—	—	14	2
Rosarum	1 Scrupel	1	18	3
Rosmarini.	1 Drachme	—	2	—
Rutae	—	—	11	—
Succini rectificatum	1 Unce	—	12	—
Terebinthinae commune . . .	—	—	3	—
rectificatum . .	—	—	4	2
Valerianae	1 Drachme	—	20	—
Olibanum	1 Unce	—	4	2
subt. pulv.	—	—	8	2
† Opium purum gross. pulv. . . .	1 Drachme	—	17	—
† subt. pulv.	1 Scrupel	—	6	2
Os Sepiae subt. pulv.	1 Unce	—	7	2
Ossa usta subt. pulv.	—	—	4	2
Ovum gallinaceum	1 Stück	—	3	—
† Oxymel Colchici	1 Unce	—	5	2
† Scillae	—	—	5	2
simplex	—	—	5	—

	fl.	xr.	pf.

P.

		fl.	xr.	pf.
Passulae minores	1 Unce	—	4	—
Pasta gummosa albuminata	—	—	12	—
Liquiritiae flava	—	—	14	—
Pastilli Bilinenses	1 grosse Schachtel	1	—	—
	1 kleine Schachtel	—	40	—
Petroleum	1 Unce	—	7	—
rectificatum	—	—	7	2
† Phosphorus	1 Drachme	—	2	3
† Pilulae Augustini	—	—	6	—
Piper nigrum	1 Unce	—	4	2
subt. pulv.	—	—	6	2
Piperinum	1 Scrupel	—	19	—
Pix liquida	1 Unce	—	1	2
navalis	—	—	1	—
† Plumbum aceticum crudum . . .	—	—	3	2
† depuratum .	—	—	9	—
† aceticum solutum	—	—	2	2
† basicum solutum .	—	—	3	2
carbonicum subt. pulv. .	—	—	7	—
hyperoxyd. rubrum subt. plv.	—	—	5	—
oxydatum subt. pulv. . .	—	—	6	—
Pulpa Cassiae	—	—	13	—
Prunorum	—	—	9	—
Tamarindorum	—	—	9	—
Pulvis aërophorus	1 Dosis	—	2	—
Seidlitzensis . . .	1 Schachtel mit 12 Dosen	1	12	—
	1 Dosis	—	8	—

		fl.	xr.	pf.
Pulvis antihectico-scrophulosus . . .	1 Unce	—	12	2
dentifricius albus		—	22	—
niger		—	19	2
ruber		—	17	—
† Doweri	1 Scrupel	—	1	1
fumalis Dr. Engel	1 Unce	—	21	2
nobilis		—	18	2
ordinarius		—	13	2
gummosus		—	9	—
Putamen nucum Juglandis		—	2	—

R.

		fl.	xr.	pf.
Radix Alcannae sciss.	1 Unce	—	2	—
Althaeae sciss.		—	2	2
subt. pulv.		—	8	2
Angelicae sciss.		—	3	—
subt. pulv.		—	8	2
Arnicae sciss. . , . . .		—	3	—
subt. pulv.		—	8	2
Bardanae sciss.		—	1	2
† Belladonnae sciss.		—	3	2
† subt. pulv. . . .		—	11	—
Caincae sciss.		—	14	2
Calami aromat. sciss. . . .		—	2	—
subt. pulv. . . .		—	9	—
Caricis arenar. sciss. . . .		—	1	2
Caryophyllatae sciss. . . .		—	2	2
subt. pulv. . .		—	9	—
Chinae nodosae sciss. . . .		—	2	2
Cichorei sciss.		—	1	2
Colombo sciss.		—	5	—

	fl.	xr.	pf.
Radix Colombo subt. pulv. . . . . . 1 Unce	—	9	—
Curcumae rud. tus. . . . . . —	—	2	2
Enulae sciss. . . . . . . —	—	2	2
Filicis maris sciss. . . . . —	—	4	—
subt. pulv. . . . —	—	16	—
Galangae sciss. . . . . . —	—	4	2
subt. pulv. . . . . —	—	9	2
Gentianae sciss. . . . . . —	—	2	—
subt. pulv.. . . . —	—	8	2
Graminis sciss. . . . . . —	—	1	—
† Gratiolae sciss. . . . . . —	—	2	—
† subt. pulv.. . . . —	—	11	—
† Hellebori nigri sciss.. . . . —	—	1	2
† subt. pulv. . . —	—	8	—
† Jalappae subt. pulv. . . . . 1 Drachme	—	3	3
Imperatoriae sciss. . . . . 1 Unce	—	2	2
subt. pulv. . . . —	—	8	—
† Ipecacuanhae rud. tus. . . . 1 Scrupel	—	3	—
† subt. pulv.. . . —	—	3	2
Ireos florentinae rud. tus. . . 1 Unce	—	5	—
subt. pulv. . . —	—	8	2
Lapathi sciss.. . . . . . —	—	1	2
Levistici sciss. . . . . . —	—	2	2
Liquiritiae sciss. . . . . . —	—	2	—
decortic. subt. pulv. . —	—	12	—
Ononidis sciss. . . . . . —	—	1	2
Petroselini sicc. sciss. . . . —	—	3	—
Polypodii sciss. . . . . . —	—	2	2
Pyrethri . . . . —	—	3	—
sciss.. . . . . . —	—	3	2
subt. pulv. . . . . —	—	12	—

		fl.	xr.	pf.
Radix Ratanhiae sciss.	1 Unce	—	12	—
subt. pulv. . . .	—	—	23	2
Rhei in toto	½ Unce	—	36	—
sciss.	1 Drachme	—	9	1
subt. pulv.	—	—	12	3
Salep rud. tus.	1 Unce	—	13	2
subt. pulv.	—	—	21	—
Saponariae sciss.	—	—	1	2
Sarsaparillae sciss.	—	—	17	2
subt. pulv.	—	—	28	2
Senegae sciss.	—	—	24	2
Serpentariae sciss.	—	—	8	2
subt. pulv. . . .	—	—	17	—
Symphiti sciss.	—	—	1	2
subt. pulv.	—	—	5	2
Taraxaci sciss.	—	—	1	2
subt. pulv.	—	—	5	2
Tormentillae sciss.	—	—	2	—
subt. pulv. . . .	—	—	9	—
Valerianae sciss.	—	—	3	—
subt. pulv. . . .	—	—	9	—
† Veratri albi sciss.	—	—	1	2
† subt. pulv. . . .	—	—	8	2
Zedoariae sciss.	—	—	2	2
subt. pulv. . . .	—	—	6	—
Zingiberis sciss.	—	—	3	2
subt. pulv. . . .	—	—	9	—
† Resina Jalappae	1 Drachme	—	36	—
Roob Ebuli	1 Unce	—	9	2
Juniperi	½ Unce	—	12	2
Laffecteur	—	—	12	2

	fl.	xr.	pf.
Roob Mororum	1 Unce	—	17	—
Sambuci	—	—	8	—
Spinae cervinae	—	—	9	2
Rotulae Menthae piperitae	—	—	10	—
Sacchari	—	—	6	—

S.

	fl.	xr.	pf.
Saccharum album in toto	1 Unce	—	3	2
subt. pulv.	—	—	6	—
lactis subt. pulv. . . .	—	—	7	2
Sago in granis	—	—	2	2
Salicinum	1 Scrupel	—	6	—
Sal thermarum Carolinarum	1 Unce	—	22	—
Sandaraca	—	—	7	—
subt. pulv.	—	—	10	—
Sanguis Draconis subt. pulv. . . .	—	—	27	—
† Santoninum	1 Scrupel	—	10	3
Sapo albus	1 Unce	—	3	2
subt. pulv.	—	—	7	2
amygdalinus	—	—	17	—
venetus	—	—	2	2
subt. pulv.	—	—	6	—
viridis	—	—	8	—
† Scammonium	1 Drachme	—	13	2
† subt. pulv.	—	—	14	3
Sebum ovillum	1 Unce	—	3	2
† Secale cornutum	—	—	6	2
† subt. pulv. . . .	—	—	9	2
Semen Anisi	—	—	3	—
subt. pulv.	—	—	8	—

	fl.	xr.	pf.
Semen Cardamomi . . . . 1 Unce	—	18	2
Carvi	—	4	—
subt. pulv.	—	8	2
Cinae	—	3	2
subt. pulv.	—	10	2
conditum	—	7	—
† Colchici	—	2	2
Coriandri	—	1	2
Cydoniorum	—	20	2
Foeniculi romani	—	3	—
vulgaris	—	3	—
subt. pulv. .	—	8	—
Foeni graeci	—	1	—
† Hyosciami	—	2	2
Lini	—	2	—
Lycopodii	—	9	—
Melonum	—	2	—
Papaveris albi	—	2	2
Peponum	—	1	2
Phellandrii	—	2	—
† Sabadillae	—	3	—
† subt. pulv.	—	10	2
Sinapis	—	2	2
† Stramonii	—	5	—
Serum lactis aluminatum . . . . } Siehe Receptur-			
commune . . . . . } Arbeitstaxe			
tamarindinatum . . . }			
Siliqua dulcis sciss. . . . . . . 1 Unce	—	2	2
† Solutio arsenicalis Fowleri . . .	—	2	—
Species Althaeae	—	2	2
amaricantes	—	5	2

	fl.	ʒ.	₰.
Species aromaticae	1 Unce	—	4	2
pro cataplasmate .	—	—	6	2
emollientes	—	—	2	2
pro cataplasmate .	—	—	3	2
laxantes St. Germain . . .	—	—	11	2
lignorum	—	—	3	2
pectorales	—	—	3	—
Spiritus Aetheris	—	—	6	—
chlorati	—	—	11	2
nitrici	—	—	13	2
Angelicae compositus . . .	—	—	5	—
Anisi	—	—	4	—
aromaticus	—	—	7	2
Carvi	—	—	4	—
Cochleariae	—	—	4	2
camphoratus	—	—	4	2
Ferri chlorati aethereus . .	—	—	7	2
Formicarum	—	—	6	—
Juniperi	—	—	3	2
Lavandulae	—	—	7	2
Menthae crispae	—	—	6	—
Rosmarini	—	—	9	—
salis ammoniaci anisatus . .	—	—	7	—
lavandulatus .	—	—	5	2
saponatus	—	—	3	2
Serpylli	—	—	5	2
vini rectificatissimus . . .	1 Libra	—	43	—
	1 Unce	—	4	—
rectificatus	1 Libra	—	39	—
	1 Unce	—	3	2
dilutus . . .	1 Libra	—	29	—

	fl.	xr.	pf.
Spiritus rectificatus dilutus	1 Unce	—	2	2
Spongia pressa	1 Drachme	—	20	—
† Stibium chloratum solutum . . .	1 Unce	—	8	—
† oxydatum	—	—	42	—
† sulfuratum aurantiacum . .	1 Drachme	—	13	—
nigrum . . .	1 Unce	—	1	2
subt. pulv.	—	—	6	2
† rubrum . . .	1 Drachme	—	49	—
Stipites Dulcamarae sciss.	1 Unce	—	1	2
Strobili Lupuli sciss..	—	—	7	—
† Strychninum	1 Gran	—	2	2
† nitricum	—	—	2	2
Styrax Calamita	1 Unce	—	3	2
liquidus	—	—	3	2
Succinum	—	—	6	—
Sulfur praecipitatum	—	—	25	—
sublimatum crudum	—	—	2	2
lotum	—	—	6	2
Suppositorium e butyro Cacao . . .	1 Stück	—	3	1
Syrupus acetositatis Citri	1 Unce	—	8	2
Althaeae	—	—	3	—
amygdalinus	—	—	6	—
Aurantiorum corticum . . .	—	—	4	—
Capillorum Veneris . . .	—	—	4	—
Chamomillae	—	—	4	—
Cichorei cum Rheo . . .	—	—	6	—
Cinnamomi	—	—	8	—
† Diacodii	—	—	4	—
Ferri jodati	—	—	22	—
Foeniculi	—	—	4	2
Kermesinus	—	—	5	—

		fl.	xr.	pf.
Syrupus mannatus	1 Unce	—	5	—
Menthae	—	—	4	2
Mororum	—	—	4	2
Papaveris Rhoeados . . .	—	—	4	—
Phytolaccae	—	—	7	—
Pomorum acidulorum . . .	—	—	5	—
Ribium	—	—	3	2
Rubi Idaei	—	—	4	—
Sambuci	—	—	3	2
Scillae	—	—	4	—
simplex	—	—	3	—
Violarum	—	—	6	2

T.

Tabulae de Althaea	1 Unce	—	9	—
† Taffetas vesicans	1 ☐ Zoll	—	1	—
Terebinthina cocta	1 Unce	—	1	—
communis	—	—	1	2
Veneta	—	—	2	2
Tinctura Absynthii composita . . .	—	—	4	2
† Aloës	—	—	4	—
amara	—	—	7	2
Arnicae florum	—	—	4	2
plantae totius . .	—	—	9	—
aromatica	—	—	6	—
aromatico-acida . . .	—	—	5	—
Asae foetidae	—	—	6	2
Aurantiorum corticum . . .	—	—	7	—
balsamica	—	—	7	2
† Belladonnae	—	—	5	—

		℔.	♎.	℈.
Tinctura Benzoës	1 Unce	—	6	—
† Cantharidum	—	—	14	2
Capsici	— .	—	7	—
Castorei	1 Scrupel	1	12	—
Catechu	1 Unce	—	4	—
Chamomillae	—	—	5	—
Chinae composita	—	—	8	—
simplex	—	—	11	2
Cinnamomi	—	—	7	—
† Colchici seminum	—	—	6	—
† Colocynthidum	—	—	11	2
Croci	1 Drachme	—	6	—
† Digitalis purpureae . . .	1 Unce	—	5	2
† Euphorbii	—	—	6	—
Ferri acetici aetherea . . .	—	—	21	2
pomati	—	—	9	—
Guajaci	—	—	5	2
† Ipecacuanhae	—	—	19	—
† Jodi	—	—	16	—
Lignorum	—	—	6	2
† Lobeliae inflatae	—	—	9	—
Macidis	—	—	11	—
Myrrhae	—	—	7	2
† Nucis vomicae	—	—	6	—
† Opii crocata	1 Drachme	—	8	2
† simplex	—	—	3	2
† Pulsatillae	1 Unce	—	6	2
† Pyrethri	—	—	7	—
Ratanhiae	—	—	6	2
Rhei aquosa	—	—	8	—
vinosa Darelli . . .	—	—	25	—

	fl.	œr.	pf.
Tinctura Spilanthi olerac. composita .	1 Unce	—	31	2
† Stramonii	—	—	5	—
† Thujae occidentalis . . .	—	—	8	2
Valerianae	—	—	5	—
Vanillae	1 Drachme	—	10	2
Tragacantha	1 Unce	—	15	—
subt. pulv.	—	—	26	2
Trochisci Castorei	1 Drachme	2	13	—
Ipecacuanhae	—	—	3	—

U.

	fl.	œr.	pf.
Unguentum aromaticum	1 Unce	—	9	2
basilicum	—	—	6	—
Calendulae florum . . .	—	—	12	—
Cerussae	—	—	7	—
citrinum	—	—	4	2
digestivum	—	—	7	2
Digitalis	—	—	10	2
Elemi	—	—	6	2
emolliens	—	—	16	—
Hydrargyri citrinum . .	—	—	6	2
† fortius . . .	—	—	35	2
mitius . . .	—	—	10	—
Juniperi	—	—	10	—
Linariae	—	—	10	2
Macidis	—	—	17	2
Majoranae	—	—	11	—
† Mezerei	1 Drachme	—	5	—
Plumbi acetici	1 Unce	—	7	—

	fl.	xr.	pf.
Unguentum pomadinum	1 Unce	—	9	—
populeum	—	—	7	—
† Sabadillae	—	—	10	—
simplex	—	—	7	—
sulfuratum	—	—	7	2
terebinthinatum	—	—	3	2

V.

	fl.	xr.	pf.
Vanilla	1 Scrupel	—	15	3
† Veratrinum	1 Gran	—	2	—
† Vinum Colchici	1 Unce	—	22	2
Malaccense	—	—	18	—
† stibiato-tartaricum	—	—	18	2

Z.

	fl.	xr.	pf.
† Zincum chloratum	1 Drachme	—	3	2
† cyanatum sine ferro . . .	1 Gran	—	1	—
ferro-cyanatum	1 Drachme	—	6	—
oxydatum	—	—	10	—
† sulfuricum	—	—	—	2
† valerianicum	1 Scrupel	—	18	—

Taxe für Receptur-Arbeiten.

		xγ.
1.	Für die Bereitung eines **Decoctes** bis inclusive 1 Pfund, bei einer Kochzeit von $\frac{1}{4}$ Stunde	5
	$\frac{1}{2}$ „	8
	1 „	15
	Für jede Menge bis zu 1 Pfund mehr, als 1 Pfund	$1\frac{1}{2}$
2.	Für die Bereitung eines **heissen Aufgusses** (infusio calida) bis inclusive 1 Pfund	4
	Für jede Menge bis zu 1 Pfund mehr, als 1 Pfund	1
3.	Für die Bereitung eines **kalten Aufgusses** (infusio frigida), so wie für eine **Maceration** bis inclusive 2 Pfund	2
4.	Für eine **Digestion**, ohne Rücksicht auf die Menge, bis inclusive 3 Stunden	4
	$\frac{1}{2}$ Tag	8
	1 „	12

		xr.

5. Für die Bereitung eines **Decocto-Infusum** ist die entsprechende Decoctions-Gebühr, und nebst dieser für die Infusion aufzurechnen der Betrag von . . . . | **2**

Anmerkung.

a) Die zur Bereitung von Decocten und Infusionen, so wie zu Species verordneten Hölzer, Rinden, Wurzeln, Kräuter, Blumen und Saamen sind, auch wenn es im Recepte nicht ausdrücklich bemerkt sein sollte, als in zerschnittener, zerstossener oder zerquetschter Form angeordnet zu betrachten, anzuwenden, und nach der Arzneitaxe zu berechnen.

b) Werden Arzneien gepulvert zu einem Decocte oder Infusum verschrieben, so ist darunter das gröbliche Pulver zu verstehen, und der in der Arzneitaxe für das pulvis grossus bestimmte Preis anzurechnen.

6. Für eine **heisse Lösung** (solutio calida), ohne Rücksicht auf die Menge des zu Lösenden . | **3**

Anmerkung.

a) Wenn in einer und derselben Mixtur mehrere Stoffe aufzulösen sind, so darf demungeachtet die Gebühr für das Auflösen nur einmal gerechnet werden.

b) Bei Auflösungen von Salzen, die in der Taxe im krystallisirten und im gepulverten Zustande aufgeführt erscheinen, darf nur der Preis des krystallisirten Salzes in Anrechnung gebracht werden.

c) Für das Auflösen oder Subigiren von Salzen und andern Arzneistoffen zur Bereitung von Pillenmassen u. dgl. darf nichts aufgerechnet werden.

d) Für das Auflösen oder Subigiren der einer Salbe, einem Linimente oder Pflaster beizumischenden Arzneistoffe ist die Gebühr für eine kalte Lösung mit 1 kr. anzurechnen gestattet.

7. Für eine **kalte,** d. i. mit dem Pistill vorzunehmende **Lösung** (solutio frigida cum pistillo peragenda) . . . . | 1

Anmerkung.

a) Wenn in einer und derselben Verschreibung eine warme und eine kalte Lösung vorkommen, ist für die kalte Lösung nichts zu rechnen.

b) Wenn bei einer Mischung eine Lösung zugleich mit einer Zerreibung oder Anreibung vorkommt, ist für letztere Arbeiten nichts zu berechnen.

8. Für eine **Clarification** mit Eiweiss, einschliessig desselben . . . . | 5

9. Für die **Filtration** eines Decoctes oder Aufgusses | 1

10. Für die **Colation** eines Decoctes oder Aufgusses | 1

11. Für die Bereitung einer **Saturation** . . . . | 3

12. Für die Bereitung einer **Saamen-Emulsion** bis inclusive 1 Pfund . . . . | 5

Für jede Menge bis zu 1 Pfund mehr, als 1 Pfund . . . . | 2

13. Für die Bereitung einer **Emulsio spuria** aus allen Gattungen Öhlen, Harzen, Balsamen u. s. w., so wie einer **Mixtura oleosa** bis inclusive 1 Pfund . . . . | 3

Für jede Menge bis zu 1 Pfund mehr, als 1 Pfund . . . . | 1

14. Für die Bereitung von **nicht clarificirter gewöhnlicher** oder **Alaun-Molke,** einschliessig

		xr.
	der Milch und anderen Ingredienzien, bis inclusive 1 Pfund	10
	Für jede Menge bis zu 1 Pfund mehr, als 1 Pfund	5
15.	Für die Bereitung von mittelst Eiweiss **clarificirter** und filtrirter **gewöhnlicher** oder **Alaun-Molke**, einschliessig der Milch, des Eies und des Alauns, bis inclusive 1 Pfund	15
	Für jede Menge bis zu 1 Pfund mehr, als 1 Pfund	5
16.	Für die Bereitung von **clarificirter Tamarinden-Molke**, einschliessig aller dazu nothwendigen Ingredienzien, bis inclusive 1 Pfund	24
	Für jede Menge bis zu 1 Pfund mehr, als 1 Pfund	14
17.	Für die Bereitung **frischer Pflanzensäfte**, einschliessig der Pflanzen, bis inclusive $\frac{1}{2}$ Unce	3
18.	Für die Bereitung einer **Gelatine** bis inclusive 1 Unce	6
	Für jede Menge bis zu 1 Unze mehr, als 1 Unce	1
19.	Für die **Mengung** von **feinen Pulvern**, welche ungetheilt ad chartam oder ad scatulam gegeben werden bis inclusive 6 Uncen . .	2
20.	Für die **Mengung** von **groben Pulvern** (pulverum per scribrum trajectorum vel grosse tusorum) oder von Species, und zugleich Abtheilung derselben in 6 Dosen sammt Kapseln, Convolut und Signatur bis inclusive 6 Uncen .	3

		xr.
	Für die Mengung von solchen Pulvern oder Species allein, wenn sie ungetheilt verabreicht werden, ist nichts zu rechnen.	
21.	Für das Papier und die Signatur, um Species, Simplicia u. a. ungetheilt zu dispensiren bis inclusive 6 Uncen	1
	1 Pfund	2
22.	Für das **Abtheilen feiner Pulver** in mehrere Gaben bis zu 6 Stücken und die Dispensation derselben, sammt Kapseln, Convolut und Signatur, für jedes Stück	1
	somit für 6 Stücke	6
	Für jedes Stück mehr, als 6 Stück . . .	$^3/_4$
	Auch wenn verschrieben wird: fiat pulvis et dentur tales doses, gelten dieselben Ansätze.	
23.	Für das Zerreiben, Anreiben oder kurz andauernde Verreiben eines Pulvers zu einer Mixtur .	1
24.	Für anhaltendes Verreiben (trituratio continua) von 10 Minuten bis zu $^1/_2$ Stunde . . .	6
25.	Für die Bereitung und Formation von **Trochisci** bis inclusive 1 Drachme des Ganzen . .	4
26.	Für die Bereitung einer **Pillenmasse** und die Formation von 1 bis 3 granigen Pillen bis inclusive 1 Drachme der ganzen Masse . . .	3
	Das Conspergations-Pulver ist für sich nach der verwendeten Menge und dem dieser entsprechenden Taxpreise zu berechnen.	
27.	Für die Mischung mehrerer **Latwergen** bis inclusive 4 Uncen	2

		×r.
28.	Für die Bereitung eines **Pflasters** oder **Cerates** durch Mischen und Malaxiren bis inclusive 4 Uncen	4
29.	Für die Dispensation eines ungestrichenen **Pflasters** oder **Cerates** sammt Cerat-Papier, Convolut und Signatur bis inclusive 4 Uncen	1
30.	Für das Aufstreichen einer halben Unce eines **Pflasters** oder **Cerates** auf Leinwand sammt Bereitung und Dispensation	6
	Wenn statt Leinwand Leder zu nehmen ist .	10
31.	Für die Bereitung einer **Salbe** oder eines **Linimentes,** so wie für die Mischung mehrerer Salben oder Linimente **ohne Schmelzen** bis inclusive 4 Uncen	2
32.	Für die Bereitung einer **Salbe** oder eines **Linimentes,** so wie für die Mischung mehrerer Salben oder Linimente **mit Schmelzen** bis inclusive 4 Uncen.	3
	Für die etwa nöthige Auflösung oder Subaction eines oder mehrerer, der Salbe oder dem Linimente beizumischenden Stoffe darf aufgerechnet werden	1
33.	Für den **Verband**, d. i. Kork, Papier, Spagat und Signatur, wenn das Gefäss nicht beigegeben wird, und wenn in den einzelnen Ansätzen der vorstehenden Taxe nicht schon Rücksicht darauf genommen ist, darf, ausser dem bezüglichen Ansatz der Arbeitstaxe für die Bereitung der Arznei, noch gerechnet werden	1

		xr.
34.	Für das **Versiegeln** des Gefässes bei der Abgabe einer Arznei, in den Fällen wo es begehrt wird	1
35.	Wenn der Totalpreis einer zu verabreichenden Arznei bei der Berechnung desselben nach der Taxe auf einen Bruchtheil eines Kreuzers ausfiele, darf statt dieses Bruchtheiles ein ganzer Kreuzer gerechnet werden.	
36.	Für alle übrigen hier nicht angeführten Receptur-Arbeiten darf kein Betrag in Aufrechnung gebracht werden.	
	Selbstverständlich jedoch sind grössere, ungewöhnlich vorkommende, von einzelnen Ärzten etwa angeordnete Manipulationen hierunter nicht begriffen.	

Taxe für Gefässe.

	xr.
Gewöhnliche **weisse Medicingläser** sammt Verband, Kork und Signatur, das Stück bis incl. 2 Uncen .	3
über 2 Uncen „ „ 6 „ .	4
„ 6 „ „ „ 10 „ .	5
„ 10 „ „ „ 1 Libra .	6
„ 1 Libra „ „ 2 Libren .	9
„ 2 Libren „ „ 4 „ .	13
Gewöhnliche **grüne Medicingläser** sammt Verband, Kork und Signatur, das Stück bis incl. 1 Unce .	2
über 1 Unce „ „ 4 Uncen .	$2^{1}/_{2}$
„ 4 Uncen „ „ 6 „ .	3
„ 6 „ „ „ 10 „ .	$3^{1}/_{2}$
„ 10 „ „ „ 1 Libra .	4
„ 1 Libra „ „ 2 Libren .	6
„ 2 Libren „ „ 4 „ .	8
Gewöhnliche **Arzneitiegeln** sammt Verband und Signatur, das Stück bis incl. 1 Unce	2
über 1 Unce „ „ 4 Uncen	3
„ 4 Uncen „ „ 10 „	4
„ 10 „ „ „ 1 Libra	5
„ 1 Libra „ „ 2 Libren	9

	xr.
Holzschachteln, mit gefärbtem Papier überzogen, sammt Signatur, das Stück bis incl. 1 Unce	2
über 1 Unce „ „ 4 Uncen	3
„ 4 Uncen „ „ 6 „	4
„ 6 „ „ „ 1 Libra	5
„ 1 Libra „ „ 2 Libren	7
„ 2 Libren „ „ 3 „	10

Taxe für die Reagentien.

		fl.	xr.	Pf.
Acidum aceticum concentratum purum .	1 Unce	—	4	2
„ hydrochloricum concentr. purum	—	—	7	—
„ nitricum concentrat. purum .	—	—	4	—
„ oxalicum solutum	—	—	2	2
„ sulfuricum depurat. concentr. .	—	—	10	—
„ „ „ dilutum .	—	—	2	2
„ tartaricum	—	—	14	2
Aether depuratus	—	—	12	2
Ammonia pura liquida	—	—	4	—
Ammonium carbonicum solutum . .	—	—	2	—
„ chloratum depurat. solut. .	—	—	2	2
„ hydrosulfuratum	—	—	14	—
Aqua Calcis	1 Libra	—	1	1
„ Chlori	1 Unce	—	2	2
„ hydrosulfurata	—	—	4	—
Argentum nitricum fusum solutum . .	—	—	22	2
Baryta nitrica soluta	—	—	6	—
Baryum chloratum solutum	—	—	2	2
Charta exploratoria coerulea . . .	¼ Bogen	—	1	—
„ „ lutea	—	—	1	2

		$fl.$	$\alpha v.$	$pf.$
Charta explonatoria rubra	$^1/_4$ Bogen	—	1	—
Ferrum sesquichloratum solutum . .	1 Unce	—	2	2
„ sulfuratum	—	—	6	2
„ sulfuricum oxydulat. crystallisat.	—	—	3	2
Kali causticum solutum	—	—	52	—
„ chloricum	—	—	9	—
Magnesia sulfurica soluta	—	—	1	2
Natrum carbonicum solutum . . .	—	—	2	—
„ phosphoricum solutum . . .	—	—	3	—
Plumbum aceticum solutum	—	—	3	—
Spiritus vini rectificatissimus . . .	—	—	4	—
Zincum depuratum	—	—	9	2

Taxe für Thierheilmittel.

		fℓ.	xr.	pf.
Acetum crudum	1 Libra	—	4	2
Acidum aceticum concentratum crudum	—	—	22	2
	1 Unce	—	2	—
† hydrochloricum concentr. crud.	1 Libra	—	28	1
	1 Unce	—	2	1
dilutum . .	1 Libra	—	15	3
	1 Unce	—	1	1
† hydrocyanicum	1 Drachme	—	2	—
† nitricum crudum	1 Libra	—	15	—
	1 Unce	—	1	1
pyrolignosum	1 Libra	—	6	1
	1 Unce	—	—	3
† sulfuricum anglicanum . . .	1 Libra	—	28	1
	1 Unce	—	2	2
† Aether crudus	1 Libra	1	5	—
	1 Unce	—	5	2
† Aloë lucida	—	—	3	—
† gross. pulv.	—	—	3	1
Alumen crudum	1 Libra	—	7	2
pulv.	—	—	24	—
	1 Unce	—	2	1

		fl.	xr.	pf.
Alumen ustum	1 Libra	—	23	—
	1 Unce	—	2	—
pulv.	1 Libra	—	44	—
	1 Unce	—	3	3
† Ammonia pura liquida.	1 Libra	—	34	—
	1 Unce	—	3	—
Ammonium carbonic. pyro-oleos. solut.	—	—	4	—
chloratum crudum . . .	1 Libra	—	26	1
	1 Unce	—	2	1
pulv. . .	1 Libra	—	46	—
	1 Unce	—	4	—
Amylum Tritici	1 Libra	—	23	3
Aqua Calcis	—	—	1	—
Chlori	—	—	20	—
	1 Unce	—	2	—
destillata simplex	1 Libra	—	6	—
Kreosoti	—	—	12	—
	1 Unce	—	1	—
† phagedaenica decolor	1 Libra	—	5	—
	1 Unce	—	—	2
† lutea	1 Libra	—	5	—
	1 Unce	—	—	2
† vegeto-mineralis Goulardi . . .	1 Libra	—	4	—
	1 Unce	—	—	1
† Argentum nitricum fusum . . .	1 Drachme	—	34	—
† Arsenicum album	1 Unce	—	1	2
† pulv.	—	—	4	2
Asa foetida	—	—	5	3
pulv.	—	—	10	—
Axungia porcina	1 Libra	—	34	—
	1 Unce	—	3	—

	fl.	xr.	pf.
Baccae Juniperi	1 Libra	—	7	2
rud. tus.	—	—	20	—
	1 Unce	—	1	3
† Bulbus Scillae	1 Libra	—	8	3
	1 Unce	—	—	3
Calcaria caustica	1 Libra	—	9	2
	1 Unce	—	1	—
chlorata	1 Libra	—	11	1
	1 Unce	—	1	—
Camphora	—	—	5	3
† Cantharides	—	—	23	2
† pulv.	—	—	30	—
Carbo ligni depuratus pulv.	1 Libra	—	15	—
	1 Unce	—	1	2
Cera flava	1 Libra	1	13	—
	1 Unce	—	6	1
† Chloroformium	—	—	40	—
Cortex Cassiae Cinnamomeae . . .	1 Libra	1	42	—
	1 Unce	—	8	2
gross. pulv.	1 Libra	2	12	—
	1 Unce	—	11	—
Chinae fuscus	1 Libra	2	—	—
	1 Unce	—	10	—
gross. pulv. . .	1 Libra	2	30	—
	1 Unce	—	12	2
† Mezerei	1 Libra	—	28	—
	1 Unce	—	2	1
pulv.	1 Libra	2	—	—
	1 Unce	—	12	—
Quercus	1 Libra	—	7	2
	1 Unce	—	—	3

4

		fl.	*xr.*	*Pf.*
Cortex Quercus gross. pulv..	1 Libra	—	30	—
	1 Unce	—	2	2
Salicis	1 Libra	—	12	2
	1 Unce	—	1	1
gross. pulv.	1 Libra	—	35	—
	1 Unce	—	3	—
† Cuprum subaceticum crudum . . .	1 Libra	—	58	—
† pulv. .	1 Unce	—	6	—
† sulfuricum	1 Libra	—	23	—
	1 Unce	—	1	3
Emplastrum diachylon simplex . . .	1 Libra	—	58	—
	1 Unce	—	5	—
† Euphorbium	1 Libra	—	46	—
† pulv.	—	2	—	—
	1 Unce	—	10	—
† Extractum Belladonnae	1 Drachme	—	20	—
Farina Lini placentarum.	1 Libra	—	7	—
secalina	—	—	9	—
Ferrum oxydatum hydric. in aqua . .	—	1	—	—
sulfuricum oxydulatum . . .	—	—	28	—
	1 Unce	—	2	2
Flores Arnicae	1 Libra	—	11	—
Chamomillae	—	—	22	2
Folia Althaeae sciss..	—	—	18	—
† Digitalis purpur. sciss. . . .	—	—	46	—
† Hyosciami sciss.	—	—	18	—
Malvae sciss.	—	—	18	—
† Nicotianae sciss.	—	—	36	—
Salviae sciss.	—	—	30	—
† Toxicodendri sciss.	1 Unce	—	7	2
† Fructus Colocynthidis sine seminib. .	—	—	25	2

		fl.	xr.	pf.
Gallae Quercus turcic. rud. tus. . . .	1 Libra	1	—	—
Glandes Quercus rud. tus.	—	—	14	—
tostae pulv.	—	—	34	—
Gummi arabicum	—	1	5	—
	1 Unce	—	5	2
Guajacum	1 Libra	1	24	—
	1 Unce	—	7	—
Herba Absynthii sciss.	1 Libra	—	16	—
† Belladonnae sciss.	—	—	27	—
† Conii maculati sciss.	—	—	21	—
Hordeum crudum.	—	—	4	—
† Hydrargyrum bichlorat. corros. pulv.	1 Unce	—	12	—
† chlorat. mite pulv. . .	—	—	26	—
† oxydat. rubr. pulv. .	—	—	21	—
† stibiato-sulfurat. . .	—	—	18	—
† sulfurat. nigrum . .	—	—	24	—
rubrum factit.	—	—	12	—
† Jodum	—	1	45	—
Kali carbonicum crudum.	1 Libra	—	14	—
† causticum fusum	1 Unce	—	22	—
nitricum crudum	1 Libra	—	30	—
pulv.	—	—	36	—
stibiato-tartaricum	1 Unce	—	10	—
sulfuricum	1 Libra	—	20	—
pulv.	—	—	24	—
	1 Unce	—	2	—
tartaricum acid. dep. pulv. . . .	1 Libra	1	20	—
	1 Unce	—	7	—
† Kalium jodatum	—	1	15	—
sulfuratum	1 Libra	—	30	—
	1 Unce	—	3	—

		fl.	xr	pf.
† Kreosotum	1 Unce	—	25	—
Lignum Juniperi sciss.	1 Libra	—	8	—
Magnesia carbonica pulv.	—	—	48	—
sulfurica	—	—	12	—
Mel	—	—	18	—
Myrrha	—	1	41	—
Natrium chloratum	—	—	4	2
Natrum boracicum pulv..	—	1	—	—
	1 Unce	—	6	—
sulfuricum crystall.	1 Libra	—	4	—
† Nux vomica gross. pulv.	—	—	48	—
	1 Unce	—	5	—
Oleum Amygdalarum dulcium . . .	1 Libra	2	12	—
	1 Unce	—	12	—
animale aethereum	—	1	—	—
foetidum	—	—	1	—
† Crotonis Tiglii	—	—	45	—
Hyosciami folior. coct. . . .	—	—	4	—
† seminum press. . .	—	—	12	—
Lauri	—	—	5	—
Lini seminum	1 Libra	—	23	—
Olivarum	—	—	32	—
Ricini	—	1	30	—
	1 Unce	—	8	—
Terebinthinae commune . . .	1 Libra	—	23	—
† Opium purum pulv.	1 Drachme	—	10	—
Petroleum.	1 Libra	—	56	—
Piper nigrum	—	—	34	—
Pix liquida	—	—	11	—
navalis	—	—	6	—
† Plumbum aceticum crud.	—	—	25	—

		fl.	xr.	pf.
† Plumbum aceticum crud.	1 Unce	—	2	1
† basic. solut. . .	1 Libra	—	20	—
	1 Unce	—	2	—
carbonicum pulv. . . .	1 Libra	—	25	—
	1 Unce	—	2	2
oxydatum pulv. . . .	1 Libra	—	15	—
	1 Unce	—	1	1
Radix Althaeae sciss	1 Libra	—	17	—
gross. pulv. . . .	—	—	36	—
Angelicae sciss.	—	—	24	—
gross. pulv. . . .	—	—	36	—
Arnicae sciss.	—	—	24	—
Calami aromat. sciss. . . .	—	—	14	—
gross. pulv. . .	—	—	33	—
Filicis maris sciss.	—	—	34	—
gross. pulv. . .	—	—	50	—
Gentianae sciss.	—	—	16	—
gross. pulv. . . .	—	—	28	—
† Hellebori nigri sciss.	—	—	13	—
† gross. pulv. . .	—	—	25	—
† Jalappae gross. pulv. . . .	1 Unce	—	16	—
† Ipecacuanhae gross. pulv. . .	—	—	49	—
Liquiritiae sciss.	1 Libra	—	15	—
gross. pulv. . . .	—	—	41	—
Rhei	1 Unce	—	56	—
gross. pulv.	—	1	6	—
Valerianae sciss.	1 Libra	—	42	—
gross. pulv. . . .	—	—	58	—
† Veratri albi sciss.	—	—	14	—
† gross. pulv. . .	—	—	30	—
Zingiberis sciss.	—	—	30	—

	fl.	xr.	pf.
Radix Zingiberis gross. pulv. . . . . 1 Libra	—	49	—
Saccharum album . . . . —	—	26	—
subt. pulv. . . . . —	—	48	—
1 Unce	—	4	2
Sapo albus . . . . 1 Libra	—	28	—
viridis . . . . —	—	30	—
Sebum ovillum . . . . —	—	28	—
1 Unce	—	2	2
† Secale cornutum . . . . . . 1 Libra	—	56	—
1 Unce	—	4	3
† gross. pulv . . . . —	—	5	3
Semen Anisi vulgaris. . . . . . 1 Libra	—	14	—
pulv. . . . . 1 Unce	—	2	1
Carvi . . . . 1 Libra	—	28	—
pulv. . . . . . . 1 Unce	—	3	2
Cinae . . . . 1 Libra	—	28	—
pulv. . . . . . . 1 Unce	—	3	2
† Crotonis Tiglii . . . . . . —	—	7	—
Foeniculi . . . . 1 Libra	—	14	—
pulv. . . . . . . 1 Unce	—	2	1
Lini . . . . 1 Libra	—	7	2
Phellandri aquatici . . . . . —	—	13	—
Sinapis . . . . —	—	17	—
† Solutio arsenicalis Fowleri . . . 1 Unce	—	2	—
Species aromaticae . . . . . . 1 Libra	—	36	—
Spiritus camphoratus . . . . . —	—	36	—
1 Unce	—	3	—
saponatus . . . . . . 1 Libra	—	30	—
1 Unce	—	2	2
vini rectificatus . . . . . 1 Libra	—	28	—
1 Unce	—	2	2

		fl.	xr.	pf.
Spongia pressa	1 Unce	1	20	—
† Stibium sulfurat. aurantiac. . . .	1 Libra	3	—	—
	1 Unce	—	15	—
nigrum pulv. . .	1 Libra	—	30	—
	1 Unce	—	3	—
† Strychninum	1 Gran	—	1	3
Sulfur citrinum	1 Libra	—	6	—
	1 Unce	—	—	2
pulv.	1 Libra	—	12	—
	1 Unce	—	1	2
sublimatum lotum	1 Libra	—	20	—
	1 Unce	—	2	—
Terebinthina cocta	1 Libra	—	6	—
	1 Unce	—	—	2
communis	1 Libra	—	9	—
	1 Unce	—	—	3
veneta	1 Libra	—	19	—
	1 Unce	—	2	—
Tinctura Arnicae florum	1 Libra	—	45	—
	1 Unce	—	4	—
plantae totius . . .	1 Libra	1	—	—
	1 Unce	—	7	—
† Belladonnae	—	—	4	—
† Cantharidum	—	—	10	—
† Jodi	—	—	12	—
Myrrhae	—	—	6	—
† Opii simplex	—	—	17	—
Unguentum Cerussae	1 Libra	1	—	—
	1 Unce	—	5	—
digestivum	1 Libra	1	—	—
	1 Unce	—	5	2

			$fl.$	$xr.$	$Pf.$
Unguentum Hydrargyri mitius . . .	1	Libra	1	24	—
	1	Unce	—	7	2
Plumbi acetici	1	Libra	1	—	—
	1	Unce	—	5	—
simplex	1	Libra	1	—	—
	1	Unce	—	5	—
Zincum oxydatum		—	—	11	—
† sulfuricum		—	—	3	—